王力芹童話故事集

都是ㄇㄞˋ的

王力芹 著　　羅莎 插畫

目次

都是我的 4

填蜜的家

小安從小喜歡畫畫。

爸媽只要給小安彩色筆和紙，小安就會安靜地依著牆角畫畫。

每當爸媽各自要忙的時候，或是兩人吵個不停的時候，小安總是帶著委屈，很認份地拿著紙筆，一個人埋進圖畫的世界裡。

小安喜歡畫牽著小孩的爸爸，和笑咪咪的媽媽。

小安很想要爸爸不要那麼忙，分一點時間給他，或是媽媽快樂一點，打起精神煮一餐好吃的飯菜，然後一家人在晚餐時間說說笑笑。

但是，常常只有小安和媽媽兩個人吃晚餐，爸爸都說他得在公司加班。有時爸爸什麼時候回家，小安並不知道。偶爾爸爸早點回家，小安很高興可以一家人一起吃飯，但是媽媽總會在難得的全家團聚時候，跟爸爸一言不和又吵了起來。

「你可不可以少加點班？」

「這不是我能控制的，我們這是責任制。」

「一天到晚加班，也沒比別人賺得多！」

「你到底要怎樣？」

「我沒要怎樣，只是請你多留一些時間給我們。」

「你可不可以不要在吃飯時間說這些煩人的事？」

「什麼叫煩人的事？要你少加點班，早點回來陪我們母子，叫做煩人的事？」媽媽隨即提高了聲音，說著還睇了小安一眼，「小安，你看你爸就把你當成煩人的小孩。」

「你胡說些什麼？」爸爸喊了一聲，「小安，別聽你媽亂說。」

「我亂說？」媽媽狠狠瞪了爸爸，再瞟一眼小安，「就是你一天到晚煩人，你爸才不愛回來。」

媽媽越說越氣，還伸出手指戳了小安右太陽穴，小安因此重心不穩，差點往左摔下椅子，還好爸爸眼明手快，放下碗筷出手托住小安，順勢再把他推回椅子，又忙著和媽媽爭論。

小安眼巴巴的看著爸媽，很想告訴他們，可不可以快樂吃飯就好，但是小安什麼也沒說出口，只是晶瑩的淚珠，安靜的從小安的眼眶一顆顆滾出來，而爸媽他們都沒發現。

小安覺得媽媽真奇怪，她曾經在爸爸加班的晚上，摟著他說：「爸爸都這麼忙，我好想他可以每天都回家吃晚餐。」

可是爸爸回來吃晚餐了，媽媽為什麼又惹得爸爸生氣，自己也不高興呢？

小安去過阿姨家，一直很羨慕阿姨他們家和樂融融吃晚餐的氣氛，他很想把阿姨一家人快樂用餐的畫面搬回家來，最好變做一幅畫掛在家裡的牆上，說不定爸爸媽媽看久了，就會不吵架了。

可是，小安不知道該怎麼做？

有一個假日，爸爸說要加班去，媽媽生氣得甩門吼爸爸：「你什麼意思？連假日都不肯陪我們母子？」

爸爸兩道眉揪成兩隻毛毛蟲，哀嘆了一聲「你真是不可理喻。」然後爸爸頭也不回出門去加班了。媽媽氣得抓狂，關起房門在房裡亂甩亂丟，好像要把房屋拆了，恐怖的聲音嚇得小安不知要躲到哪裡去，他縮在沙發裡像一顆球越縮越害怕。

然後，他看到靠牆小茶几上的彩色筆，眼睛一亮，想起畫畫可以讓他快樂。於是小安跳下沙發，跑到小茶几前，這時他才想起已經沒有圖畫紙了，失望之餘，兩隻手也頹然放下。

沒有紙，怎麼辦？

小安回頭看一眼媽媽的臥室，緊閉的房門後面，好像正被一場狂風暴雨侵襲似的，間歇傳出東西互相碰撞的砰砰響聲，這讓小安更不敢去找媽媽要紙，他害怕媽媽一打開房門，自己就會被來勢洶洶的土石流給淹沒了。

但是，沒能畫畫，做什麼好呢？

小安搓著雙手，侷促不安的用力想。

想著想著，小安眼眶都紅了，他不知道該怎麼辦。倒吸著鼻涕的小安，越來越不安，越不安他就越想畫圖。

手幾次在小茶几上的彩色筆來來去去，最後嘆了一口氣豁出去了，小安不管三七二十一，拿起彩色筆就在茶几旁的客廳牆壁畫了起來。

小安畫了一個快樂人家。

下班回來的爸爸微笑坐在沙發上看報紙，穿著圍裙的媽媽在廚房作菜，桌子上已經擺好熱騰騰冒煙的飯菜，小安很滿意自己的畫，支著下頷看得出神，眼眶裡原有的水氣，也被畫裡飯菜冒著的煙蒸散了。

但是，好像還少了什麼！

小安歪著頭從牆的東邊看到西邊，不足的感覺還是存在。

小安再仔細看著畫裡媽媽凝視角落的帶笑眼神，和那一張正在說話的嘴巴，終於看出來缺少什麼了，小安立刻拿起地上的彩色筆，畫了一個在角落玩積木的小男孩輪廓。

小安笑了，他覺得牆上的畫，有一股濃到化不開的甜味，那味道會讓人禁不住就把嘴角往上揚。

小安很高興自己多畫了這個小男孩，因為有了小孩，爸爸就多了一個一起共享媽媽料理的伴，媽媽也多了一個小食客。

這是一個甜蜜的家，小安很滿意。

於是小安繼續專注畫著小男孩的表情，那是一個臉上洋溢幸福快樂的小男孩，畫到最後一筆時，小安認真想著小男孩的手要畫成怎樣？拿積木？端碗？還是……

「小安、小安。」媽媽的房門唰的一聲拉開，小安循著媽媽喊聲回頭，一看大驚失色。小安只看見媽媽的兩隻眼睛，眼球爆凸出來，黑眼珠子盯著他，像跑馬一樣的不停轉圈圈。

小安心裡又害怕又慌張。

「那是什麼？」

媽媽瞪著牆壁看，原來潔淨的整面牆，已經被五顏六色的圖案取代了。媽媽頭上的煙越冒越多越濃，濃得媽媽沒法多看那幅畫一眼，她當然確定那是小安的「傑作」，一個生活被破壞的火種馬上點燃，媽媽跨出房門聲嘶力竭地大吼一聲「小安，看你做的好事！」

已被媽媽張牙舞爪表情嚇壞的小安，再聽見媽媽獅一般充滿怒氣的吼叫，驚嚇過度，手一震，正好在牆壁上完成最後一筆線條。

畫裡小男孩的手一用力，就把小安拉進畫裡了。

「歡迎光臨。」

「這……」小安還在驚惶之中，從眼尾餘光看去，媽媽還在客廳裡氣呼呼，嘴一張一合地罵個不停。

「你好，謝謝你接受我的邀請。」小男孩非常有禮貌。

「邀請？」小安兩眼注視著小男孩。

「是啊，我的手伸出去，就是要請朋友來我家，你的手正好碰到我的手心啊！」

小安垂下頭看看自己的手，他想不起來剛剛自己做了什麼動作，但是他看到手上有一枝彩色筆。

「吃飯囉！」一個愉快親切的聲音響起。

「唉唷，又要吃飯了！」小男孩顯得無奈。

小安感到奇怪，能吃到媽媽親手煮的菜，應該是快樂的事啊！我的媽媽呢？小安轉了個身，他看見媽媽披頭散髮在家裡每個房間穿梭不停，進進出出，媽媽的眼睛填著焦急，嘴裡不停說著喊著，小安聽不見媽媽說了什麼？這樣的媽媽他從來沒看過。

「快來吃飯吧！」又是那個好聽的聲音。

「我媽煮好晚餐了，來和我們一起吃飯吧！」小男孩指了指餐桌。

「吃飯？」

小安轉頭看看滿桌色香味俱全的菜，有紅的番茄，綠的青椒，白的豆腐，還有很多很多好吃的菜。他不知道該不該回家去？

小安忍不住嚥了口水，更用十分羨慕的眼神看著小男孩，小男孩真是幸福啊！不像他不是吃便當，就是吃泡麵。

「歡迎小安來我們家。」這家媽媽解下圍裙過來招呼小安。

「謝謝。」小安彎身鞠躬。

「小安真乖。」這家爸爸離開沙發走向餐桌，順手揉了揉小安的頭髮。

「吃飯了，我們去洗手。」小男孩招呼小安。

「噢。」小安發現自己手上還抓著一枝筆，趕忙把彩色筆塞進褲子的口袋。

「小安，歡迎你跟我們一起吃飯。」上桌後，小男孩的爸爸和媽媽一起歡迎小安，小安很高興被小男孩的爸爸媽媽重視，只是他覺得奇怪，他們怎麼知道他的名字？

「小安，吃吃看我炒的青椒肉絲。」這家媽媽舀了一匙青椒肉絲給小安，再舀起一匙，才提在空中，小男孩就用雙手掩住飯碗，「不要，不要，我不要吃青椒。」

小安偏頭看著小男孩，他不明白小男孩為什麼拒絕媽媽夾的菜，青椒難吃嗎？如果是他，就算青椒難吃，只要是媽媽這麼慈愛要夾給他，他也會假裝愛吃，然後把碗迎上前去裝菜。

小安看著眼前這一幕，眼眶不禁溼熱了起來。

如果是他，這個不吃那個不要，媽媽會怎樣罵他？爸爸會不會寧願加班也不想看到他？

「小安，放輕鬆，當成是自己的家。」小男孩媽媽輕聲說。

「是啊，小安，我們可是看著你長大的啊！」小男孩的爸爸這樣說，小安終於明白他們為什麼會知道他叫小安。

小安夾起碗中切成絲的青椒，吃進口中，慢慢咬、細細嚼，剎那間一股說不出的甜甜味道，充滿嘴巴每一吋空間。

「這個青椒好好吃喔！」小安稱讚之後，又夾起一撮放進嘴裡細嚼慢嚥，一臉滿足。

「？？」小男孩感到不可思議，青椒有好吃到讓人欲罷不能嗎？

「青椒真的好吃，媽媽沒騙你。」小男孩媽媽指著小安說，「你看人家小安吃得多快樂！」

「來，你先吃一絲青椒就好。」爸爸夾起一條青椒絲，送到小男孩嘴前，小男孩皺著眉看小安，小安對著小男孩眨眨眼點點頭，小男孩這才鼓起勇氣張開嘴，吃下爸爸夾來的青椒絲。

小男孩帶點畏怯慢慢嚼。

咦？好像有一種說不出的甜味流進喉嚨，再用力吞下，那個感覺和以前被媽媽逼吃的痛苦完全不同。小男孩原來打結的眉毛攤平了，咧嘴笑著自己主動去夾青椒絲。

小男孩的爸媽太高興了，是小安讓一切改變了。

「小安，謝謝你。」小男孩爸媽一致向小安道謝。

「唔唔。」滿口飯菜的小安，說不出完整句子，只能以搖頭代替。

小男孩的爸爸發現小安紅著眼眶，關心問道：「小安，怎麼了？」

「菜不好吃嗎？」小男孩媽媽也問。

「不是、不是。」小安嚥下飯菜趕緊解釋，「菜太好吃了。」

「呵呵，我媽煮的菜好吃到你想哭喔？」

「我……覺得好幸福！」

「呵呵，喜歡吃我媽煮的菜，你可以常來啊！」

「是啊，我們都歡迎你常來。」小男孩爸媽又一起說話，小安特別注意到小男孩爸爸的手搭在媽媽肩膀。

這個家真是幸福。

小安從來沒有吃過這麼好吃的晚餐，從來沒有這麼快樂地吃飯，一股飽足感從小安的胃擴散到心，他覺得自己整個身體暖烘烘的，但是好像又有一點涼絲絲的氣息，從某一個空洞竄出來，他想回頭去看看媽媽，可是小男孩媽媽端出飯後甜點了，是牛奶凍。

「來來，牛奶凍加點蜂蜜，更好吃喔！」小男孩媽媽邊說邊為小安添加蜂蜜。

「哇，好甜，好好吃喔！」吃完牛奶凍，小安還意猶未盡的舔著小湯匙上殘留的蜂蜜。

「小安，喜歡吃蜂蜜嗎？」小男孩媽媽輕輕問。

「嗯。」小安邊舔邊點頭，看著小男孩媽媽走進廚房又出來。

「小安，這一小瓶蜂蜜讓你帶回家去。」

小安目不轉驚看著小男孩媽媽手上，一個像彩色筆大小的玻璃瓶，裡面有黃褐色晶晶亮亮的蜂蜜。

「小安，這是一級棒的蜂蜜喔！」小男孩俏皮地說。

「一級棒？」

「嗯。」小男孩回頭問他爸爸，「爸爸，要怎麼跟小安說？」

「小安，帶了這個蜂蜜回家，會讓你們家每一天都甜蜜蜜喔！」小男孩爸爸說。

「對，有了這瓶蜂蜜，你就是你們家的蜜糖，記得要把蜜填進爸爸媽媽的心裡喔！」

「真的？」聽到這話，小安整個眼睛都發亮了，迫不及待的收下小男孩媽媽送的蜂蜜，「謝謝。」

小安想，有了這個蜂蜜，他們家一定會變得不一樣，媽媽一定不會再愛發脾氣、愛跟爸爸吵架。想到這裡，小安轉過頭，他看見媽媽坐在客廳長沙發對著牆壁失神的流淚，他也看清楚媽媽的嘴型，她不斷喃喃自語著，「小安，小安，你在哪裡？」

「小安，你不要躲起來，媽媽找不到你。」

「小安……」

小安回頭再看看小男孩和他爸媽，他們家雖然很溫馨很快樂，小安也很想留下來，但是看到媽媽那麼焦急的樣子，小安覺得自己應該回家好好安慰媽媽。

可是這個地方太美好，實在教人捨不得。

小安的頭來來回回轉過好多次，最後，小安看見媽媽哭著打電話。

媽媽為什麼要打電話？報警嗎？是找不到他的關係嗎？

小安舉起右手，他想跟媽媽說，「媽，我在這裡。」

但是小安發不出聲音，他很著急想要趕快回家，於是回頭向小男孩和他的爸媽道再見。

「謝謝你們的招待。」

「下次再來喔！」

小安為了空出右手，把蜂蜜往桌上一放，然後伸手進褲袋拿出彩色筆，轉身畫了一個門。

小安打開門，踏進客廳，爸爸也正好開了大門進來，一進門直接走向媽媽關切問道：「小安怎麼了？」

小安背貼著牆，看見哭腫眼的媽媽，和神情焦急的爸爸，小安完全明白，爸爸媽媽真的在乎他，真的很愛他。

小安一個箭步向前，雙手摟住爸爸媽媽，「爸爸媽媽，我在這裡。」

「小安，你跑去哪裡了？害媽媽找好久。」媽媽抽抽噎噎地說。

「沒有啊！」小安不知道怎麼說自已經歷的故事，支吾著沒說出實話，「我就躲在茶几後面啊！」

「小安……」媽媽伸手摟住小安，小安先是一愣，再想起畫裡小男孩媽媽說的話，也迎上前緊緊抱著媽媽。

「小安，你太頑皮了，害媽媽擔心得都要報警了。」爸爸揉揉小安的頭，抬眼看見牆上的畫，爸爸很專注的看著。

「小安，這是你畫的？」

「嗯。」

「他們在做什麼？」媽媽靠上來問了。

「他們在吃晚餐。」

「媽媽很久沒好好煮一餐飯了。」媽媽頓了一下接著說：「小安，我們一起去超市買菜，回來媽媽煮幾個菜，也像他們那樣一起吃熱騰騰的飯菜，好不好？」

「好耶，太棒了。」小安簡直要跳起來了，他摸摸口袋，鼓鼓的，想起小男孩媽媽給的那一小罐蜂蜜，不由得揚起唇角。

小安和爸媽出門前，小安想把口袋裡的蜂蜜放在家裡，伸手進口袋，拿出一看，卻只有一枝彩色筆。咦？小安再掏掏口袋，什麼都沒有了，奇怪了，蜂蜜怎麼不見了？

「小安，你好了嗎？」爸爸在大門邊上問。

「小安，還想看一眼他們煮了什麼菜啦！」媽媽說得很輕鬆。

小安真的抬頭再看一眼牆上的畫，這一眼他看見餐桌邊上那一小瓶蜂蜜。啊，原來忘記把蜂蜜放進口袋了，那瞬間，小安心裡浮起一層隱憂，蜂蜜沒帶回來，我們家可不可能每天都甜蜜蜜？

「小安，快啊！」

「是啊，小安，我們快去超市買菜，你的畫會一直在牆上，牆就在我們家，不會不見的。」

媽媽的話是雨後的彩虹，散出各式各樣的光彩。

小安笑了，媽媽說得對極了，蜂蜜就在牆壁畫裡的桌子，牆壁是我家

的，蜂蜜就會一直在那裡，哈哈哈，
從今天起，我們家一定會每天都甜蜜
蜜了。

二〇一五・十一・二十二、二十三
《更生日報》副刊

都是我的

下過雨的早晨，空氣清新，帶著甜甜水果香。

小蝸牛很早就醒來，揉揉惺忪睡眼，嗅到了那股甜美芬芳的氣味，深深吸了一口，忍不住喃喃自語道：「真舒服呀！」

可是光這樣感覺還是不夠，小蝸牛覺得應該要出去走走，好好享受久違的好天氣。

「有一隻蝸牛，走路真辛苦，風吹又雨打，掉到大水窟，當太陽出來，風雨不再搖擺，勤勞的蝸牛從頭又再來。」（註一）

小蝸牛想起幾次爬過附近的幼稚園，都會聽到園裡的孩子唱著這首歌，第一次聽到時，還愣了半天，怎麼有人幫他們蝸牛寫了歌？仔細再聽，原來這歌是讚美他們蝸牛的勤奮，心情一愉悅，彷彿吹了氣似的，一直要飄起來呢！

聽久了，小蝸牛也能朗朗上口幾句，心血來潮時便哼上一哼。

雨過天青讓小蝸牛的心情愉快，踱著踱著就自得其樂的哼了起來，不知不覺逛進小明家的葡萄園。

遠遠的就聽見有好嗓音的黃鸝鳥正在唱歌。

「阿門阿前一棵葡萄樹，阿嫩阿嫩綠地剛發芽……」

「黃鸝鳥姊姊，妳的歌聲真好聽呢！」

黃鸝鳥本想責罵小蝸牛幾句，說他打斷她唱歌，是沒禮貌的行為，可是又想到小蝸牛是讚美她的歌聲，也就原諒他了。

「還好啦！」

「真的好聽。」小蝸牛再次強調，然後問道：「黃鸝鳥姊姊，妳怎麼練的？」

怎麼練的？告訴你有用嗎？看你愣頭愣腦，頭上戴了天線超長的耳機，聽力一定不怎麼好，還想學唱歌，別笑死人了！

黃鸝鳥低低笑了兩聲，嘴上說的和心裡想的截然不同。

「唱歌喔，其實我天生就會，你問我怎麼練，我還說不上來呢！」

「天生就會啊？」小蝸牛短短的腿匍匐了一步，樣子宛如向黃鸝鳥膜拜，尤其他又接著說了：「太厲害了，我簡要佩服得五體投地。」

「呵呵。」黃鸝鳥一聽笑了，也更看扁小蝸牛。

小蝸牛打心裡羨慕黃鸝鳥有這麼棒的技能，低下頭來想想，自己有什麼拿得出來的能力？

「小蝸牛，唱歌可不是人人都會的！」

這回小蝸牛聽得出來黃鸝鳥的嘲諷，那好比在酸梅缸裡加了醋的語氣，不就是告訴他，別妄想要飛上枝頭。

說得也是，自己只是一隻身揹著重殼，動作特慢的蝸牛，連麻雀都不是，還想飛上樹梢唱歌？這豈不太好高騖遠了嗎？

日子一天天過去，空氣裡的水果香越來越濃，小蝸牛知道接近葡萄成熟的季節，小明家的葡萄藤架上，就會長出青綠晶亮的果實。

小蝸牛偶然一個抬頭，看見頭頂上一串串葡萄，從藤架上垂掛下來，一顆顆珠圓玉潤，看得他都忘了頸子瘦。

「那一顆顆晶瑩剔透，一定好吃極了。」

「如果能吃一口葡萄，不知有多好！」

「我要怎樣才吃得到葡萄呢？」

小蝸牛想過一遍又一遍，嘴裡口水像湧泉般不斷冒出來，可也只能「望葡萄止渴」啊！

小蝸牛還是在葡萄藤架下慢慢遊逛，不時大口大口吸著葡萄香氣，也不時歪著一顆腦袋發愣。

小雞、小鴨從藤架下追著跑過，爭著吃小蟲子。

「欸欸欸，那可是我先看到的啊！」小鴨粗著嗓門叫著。

「你沒聽過先下手為強嗎？」小雞吞下小蟲踐踐地說。

「這是重視分享的時代，你不懂嗎？」

「那也得我先吃飽了，再分你啊！」小雞還是自私。

「不是、不是，是要有福同享、有難同當。」

「那……下次再說囉！」

「什麼下次再說？」

「不然你要怎樣？我都已經把蟲吃下肚了，難不成再吐出來分你一點嗎？」

小鴨一聽感覺噁心，忙搖搖擺擺一旁作嘔，還一邊恨恨地踢腳，卻不小心把俯趴著的小蝸牛，踢成了側躺。

「痛死了、痛死了。」小鴨子抱住右腳痛得哀哀叫。

「……」小蝸牛斜仰著三十度角，不解看著小鴨子。

「你看你就愛亂踢。」小雞糗他。

「誰教這臭蝸牛擋路了？」

「呃？」小蝸牛還真不知道自己犯了哪一條法規。

「哼。」小鴨子從長嘴巴上的小鼻孔噴出一股氣，然後誇張地扭著他的大屁股走向遠處，小雞趕忙提起兩隻手臂，不斷上下撲拍，兩條細得像筷子的腿，一上一下跟著往前跳。

小蝸牛癱在地上，他不懂，他招誰惹誰了？平白換來一頓罵。

小明家牙牙學語的弟弟，對每件事情都好奇，只要大人一沒看見，他就搖搖晃晃走出門，四處體驗生活。

搖晃出家門的小弟弟，眼尖看見地上一坨黑黑的東西，起先站定專注看著，後來發現那坨東西會移動，一個箭步向前，彎下腰，伸手就要去撿。

屋子裡，媽媽一轉身沒看見小寶貝，急著問：「小寶呢？」

「剛剛還在這裡啊！」奶奶說。

「快，快找。」爺爺下令。

「小寶……」爸爸第一個拔腿要衝出門。

「阿弟就在那裡嘛！」小明指著屋外葡萄藤架下面的空地。

一時間，四顆頭全擠向大門，也正看到小寶的手伸向一隻蝸牛，除了小明，眾人齊聲制止：「小寶，不要撿。」

說時遲、那時快，小寶已經俐落的抓起小蝸牛。

散步正愉快的小蝸牛，被突如其來的小手一抓，大大的嚇壞了，再又來個天旋地轉，現在他變成朝天姿態，肚皮都被看得一清二楚了。

小蝸牛掙扎著要翻身，但壓在下面那個殼卻千斤重似的，他再死命扭，還是扭轉不回自己原本優雅的姿態。

「喂喂，你要做什麼？」小蝸牛實在害怕，害怕小孩失手，他會摔成肉泥。

「嘻嘻……」小寶頭臉湊近細看。

「你別笑，快把我放下來……」

小蝸牛那個「來」字尾音還沒發完，突然感覺透不過氣來，好不容易飄進一絲絲空氣，正要大口吸氣，冷不防胸口又是一陣緊，就快窒息。空氣越來越稀薄，卻突然傳來小孩拔尖叫著：「麥啊、麥啊！」

才是轉瞬，小蝸牛感覺一線曙光射入，眼睛為之一亮，正為自己得救感到欣慰，沒想到事與願違。

原來急急衝上前來的爸爸，擔心小寶將小蝸牛送進嘴裡，顧不得細想，三兩根大手指對準一抓，甩爆裂物似的，隨手一拋，小蝸牛像是搭上故障的雲霄飛車，瞬間墜落泥地上。

阿嬤也搶上前來，一把抓起小寶的手，就要往屋子裡帶。

小寶很有個性，用另一隻手去撥阿嬤的手，小嘴裡還嘟囔著「麥、麥、麥。」

「誰講麥？來，阿嬤牽。」不管三七二十一，阿嬤把小寶拉進屋裡了。

失速墜地的小蝸牛呢？

這一摔，夠讓小蝸牛眼冒金星、暈頭轉向的了。

小蝸牛癱在泥地上，他還真不懂，今天是招誰惹誰了？還得禁上這一摔。

後來，小蝸牛修正自己的散步路線，沿著牆角走，安全指數比較高。實際操作之後，小蝸牛發現除了安全，新方法還給自己開了一扇窗。他常常在途中停下腳步，因為小明和弟弟會演出吵鬧劇。

小學四年級的小明已經開始學英文，學會了「I、me、my」，生活中會適時巧妙運用，比如他要搶救被小弟弟搜括走的文具簿本時，總會護衛主權地鄭重警告弟弟一番，「阿弟，這是my，你不行拿。」

小弟弟見哥哥要拿走他的「玩耍物」，一面像鴨子扭屁股似的急著要逃走，一面又是「麥、麥、麥」的哇啦哇啦叫不停。

「跟你說my，就是我的，你不行拿，不懂嗎？」

「麥啊、麥啊。」

小蝸牛倚在牆角下看傻了眼，這兩兄弟真好玩，一個一直叫著「這是

my」，還費力要扳開弟弟肥嫩嫩手指頭，另一個則是「麥、麥、麥」的，直把東西往懷裡拽。

兩兄弟「my」過來「麥」過去的，雖然有趣，但還真有點吵，小蝸牛索性拉高天線，戴起耳機，專心聽音樂，不過這回他倒是學會了一個英文字，「my」，他想著什麼時候也可以把「my」派上用場。

聽著音樂的小蝸牛爬呀爬的，又往葡萄藤下爬去，葡萄香氣一天濃過一天，他禁不住抬頭看，垂吊在藤架上的綠葡萄，透亮得好像裡面住著小仙子，正向他招手呼喊：「來呀，來呀，快上來嚐幾口吧！」

低下頭來，小蝸牛舔舔唇角，好像舔到葡萄甜味了呢！仰頭再看看，飽滿多汁的葡萄，在陽光下閃閃發亮，彷彿一顆顆綠寶石，看得小蝸牛都恍神了。

小蝸牛仰頭看天的動作太奇特，吸引了不少同伴前來，大家依樣畫葫蘆，頭一仰，也跟著看天。

「我們到底在看什麼？」一隻胖蝸牛率先開口問。

「……」

「……」

大家你看我我看你，誰也說不出個所以然。

小蝸牛看到這麼多和他同品味的伙伴，高興的說：「你們也喜歡葡萄啊？」

「原來是在看葡萄。」胖蝸牛說。

「是啊，不然你看什麼？」

「我……」胖蝸牛看看身邊的同伴，他看到一種表情，是自己說不上來的。

突然一陣急雨，掃過葡萄棚，叮叮咚咚打下幾顆葡萄，適時化解了胖蝸牛的尷尬。

「哎呀，這裡掉下一顆葡萄。」

「這裡也有一顆。」

「快來嚐嚐看。」

看著橫躺在地上裂了縫的葡萄，空氣中的甜味瞬間濃郁了起來，蝸牛們紛紛邁出步伐，高興著要吃葡萄了。

眼看就要爬到葡萄旁邊了，陣雨停了，小雞、小鴨撲撲撲的衝出籠子，一個捷足先登，把葡萄全占為己有。

「欸欸欸，那是我們先看到的。」胖蝸牛代表全體發聲。

「什麼叫做先看到？」小雞酷著一張臉說：「先拿到的先贏，不懂嗎？」

小蝸牛想起前次小鴨要求小雞分享的事，忙向前去提醒小鴨，「上次你要小雞分享，小雞說下次再說，這次就是下次，所以應該大家一起分享啊！」

「我……」葡萄當前，小鴨還得想想怎麼回應。

「我隨便說說你也信？」小雞搶著說了，心裡還訕笑小蝸牛真是笨哪！

「呃？」小蝸牛真沒想到小鴨沒擔當，小雞又這麼不講信用，只能眼睜睜看著小雞和小鴨吃光那幾顆葡萄。

小蝸牛真是氣啊！

他想，難道沒有方法，為自己和伙伴取得美味的葡萄嗎？

那日過後，每逢下雨，蝸牛們都會癡癡等著雨停，然後勤奮地在第一時間爬向葡萄藤架下面，尋找被雨水打落的葡萄。但往往是他們才尋到，也才剛剛舔了一兩口，就被隨後而來仗勢欺人的小雞和小鴨給霸占了。

可是，想到葡萄的滋味又甜又香，還是按捺不住想大快朵頤。

「我看我們還是想想其他方法，不能只是被動等在這裡。」老蝸牛語重心長說道。

「可是，我們再早出門，還是趕不及小雞和小鴨的大步快走。」

「小胖說得有道理，我們就算先馳得點了，他們也還是會暴力搶走。」

「那怎麼辦呢？」

大家低頭沉思時，小蝸牛想起他遇上黃鸝鳥的那天，後來有聽見黃鸝鳥唱出：「蝸牛揹著那重重的殼呀，一步一步的往上爬。」靈機一動趕緊提出建議，「我們可以主動出擊啊！」

「主動出擊？」

「對，爬上藤架去吃葡萄。」小蝸牛再說明白一些。

「哇，好耶，那就可以吃得過癮了！」

「而且也沒有小雞、小鴨跟我們搶。」

大家想想，小蝸牛的建議不失是個好方法。

第一隻蝸牛馱著他的殼，吃力的一步步往上爬，為了嚐那甜美的果實，現在辛苦一點不算什麼。

伙伴們看見了，群起效尤，於是牆面和藤架下，四處都有一隻隻奮勇向上爬的蝸牛。每一隻蝸牛都想著甜美的葡萄，為了上葡萄架去享受美食，無不卯起力氣努力向上爬。

大小蝸牛依序向上爬，小蝸牛等在最後，小雞、小鴨被誘得在藤架下不斷撲拍翅膀，他們也想嚐葡萄嚐到打飽嗝。

「真想吃葡萄吃到飽。」小雞抬頭再看一眼，垂下頸子啄啄地上，說了這麼一句。

「誰不想啊？」小鴨呱呱兩聲又說了，「可是葡萄沒事長那麼高，我們怎麼吃得到？」

小蝸牛才不管小雞和小鴨說些什麼，他只顧低著頭扛著硬殼，原地轉圈圈，他得扛穩一點，這一回可是要當登高的背包客呀！

「你就別再轉了，轉得我頭都暈了。」

「是嘛，害我的長脖子跟著你轉，都快轉成麻花捲了。」

小蝸牛睇了小雞和小鴨一眼，只差沒說：誰讓你們前頭小心眼了！

龐大的蝸牛隊伍，沿著木架往上爬，非常壯觀，黃鸝鳥看了，再抬眼瞟一瞟頂上滿滿的葡萄，不需多想也知道，這一隊蝸牛是葡萄特攻隊。

但是黃鸝鳥又覺得好笑，這群蝸牛也太天才了吧？他們要爬到什麼時候？吃得到嗎？看來該給他們一點忠告。

黃鸝鳥在樹梢上飛來飛去，不時拍拍翅膀，嘰嘰喳喳哼著歌：「阿門阿前一棵葡萄樹，阿嫩阿嫩綠地剛發芽，蝸牛揹著那重重的殼呀，一步一步的往上爬。」才唱到這兒，有隻蝸牛聽見了忍不住轉告大家：「欸，你們聽，你們聽，黃鸝鳥真的要我們爬上去呢！」

「有嗎？她有這樣說嗎？」

「有啦，不信你仔細聽聽。」

被打斷的黃鸝鳥又從頭唱起，「阿門阿前一棵葡萄樹，阿嫩阿嫩綠地剛發芽，蝸牛揹著那重重的殼呀，一步一步的往上爬。」（註二）

幾隻蝸牛趁機停下來歇歇腳，順道靜靜聽，還真是聽到黃鸝鳥這樣唱了。

這時從另一頭又飛來了一隻黃鸝鳥，開口接下唱出的卻是：「葡萄成熟還早得很呀！現在上來要幹什麼？」

「呃？怎麼是這樣？」

「對啊，樹上那一隻要我們揹著殼一步一步爬上去，怎麼再來的這隻說的不一樣？」

「怎麼辦？我們聽誰的？」

「我也不知道呢！」

「聽我們自己的，伙伴們，想吃葡萄就往上爬吧！」這是頭頂掛著超長天線的蝸牛開的口，他看見幾隻蝸牛被這一打擊，開始三心兩意，趕緊登高一呼，試圖挽救伙伴的信心。

黃鸝鳥一遍遍唱著，搔得許多蝸牛心裡頻頻起了疑惑，「現在葡萄才剛長出，青青綠綠，我們這就爬上去，不也太早了？算了，還是不要白做工吧！」

於是有蝸牛打退堂鼓了。

影響力很快擴散開來，越來越多蝸牛放棄，他們紛紛掉頭往回爬，藤架上只剩下寥寥無幾三兩隻蝸牛，孤獨無依的攀著爬著。漸漸，連他們也耐不住孤單和辛苦，宣告不再做白日夢。

藤架上只有小蝸牛，仍然懷抱美麗的夢想，他告訴自己，一定要堅定信心，汗水不會白流，甜美的葡萄就在藤架上等著他。

黃鸝鳥還是唱歌打擊小蝸牛信心，小蝸牛索性拉出天線戴上耳機，邊聽音樂邊扭著身體向上爬行，他告訴自己，絕對不要因為別人的話而改變心意。

幾天過去了，小蝸牛發現葡萄一天天變色，已經慢慢轉換成淡淡的紫色，應該就快嚐到成熟的葡萄了。可是低頭一想，藤架上卻只剩下自己，孤單之餘還有點生氣，伙伴們為什麼不能堅持到底？

眼看再兩天就能爬到頂端，想到滿滿藤架上的葡萄可以任他享用，小蝸牛無比歡欣。可是黃鸝鳥又唱了，「阿樹阿上兩隻黃鸝鳥，阿嘻阿嘻哈哈在笑他，葡萄成熟還早得很呀，現在上來要幹什麼？」

小蝸牛實在生氣黃鸝鳥的無情打擊，想想自己已經勝利在望，絕對不能功虧一簣，就這瞬間福至心靈，他回唱了一段，「阿黃阿黃鸝鳥不要笑，等我爬上它就成熟了。」

兩隻黃鸝鳥一聽，這小蝸牛真是信心十足，絲毫影響不了，當下啞口無言，再也唱不下去，只好翅膀拍拍飛到別地了。

爬上藤架最高點的小蝸牛，滿眼綠意，心曠神怡，忍不住在葡萄藤上翻滾。好半天才想起是來嚐葡萄的，於是東舔舔、西吃吃，大飽口福之後，小蝸牛想到伙伴們，該怎麼讓大家也能吃到葡萄？

可是自己力氣有限，了不起拖下一串葡萄，回到地面後，還能剩下多少呢？

飛走的黃鸝鳥又飛回來了，看到葡萄藤上愁眉苦臉的小蝸牛，大大的不解。

「你這麼有毅力爬上來了，怎麼不高興？」

「葡萄不甜嗎？」另一隻這樣問。

「不，我是煩惱怎麼讓我的伙伴也能吃到葡萄。」

「喔，原來這樣啊！」原只是佩服小蝸牛堅毅的兩隻黃鸝鳥，一聽他要和伙伴分享，更是崇拜，對看一眼後，彼此心照不宣，決定助小蝸牛一臂之力。

「這樣吧，你坐到我身上，我幫你啣一串葡萄，飛下去給你的伙伴們吃。」說話的同時指著另一隻說：「她也可以啣一串。」

「嗯，我也啣一串，這樣你們就可以吃得過癮了。」

「太好了，謝謝黃鸝鳥姊姊，妳們真好。」

黃鸝鳥很高興能幫小蝸牛完成心願，飛到地面後，還勸著蝸牛們快快享用。

「你們快吃。」

「黃鸝鳥姊姊，妳們也一起來享用。」

「不用了，我們天天在藤架上吃得可多呢！」黃鸝鳥心頭一股暖流流過，揮揮手回到樹梢去了，「再見啊！」

「黃鸝鳥姊姊，再見啊！」

小雞和小鴨聽到這一段對話，忙跳出來，一看，還真看見蝸牛圍住兩串葡萄，於是蹦跳上前就想分一杯羹。

「也給我們吃一點。」

「沒。」

「小蝸牛，你不是說東西要分享嗎？」小鴨說。

「你有和我分享嗎？」小蝸牛從葡萄堆裡抬起頭，瞪著小鴨。

沒得吃的小雞和小鴨氣極了，想到這葡萄是小明家的，就強辭奪理說道：「這葡萄又不是你的，憑什麼我們不能吃？」

「這是我努力爬上去得來的，所以是『my』。」小蝸牛臨時想到，用了小明說過的那個英文字。

「什麼？」蝸牛伙伴們沒弄懂這什麼意思。

「就是『我的』的意思啦！」

小鴨撲撲跳向前，翅膀一張掩住葡萄，賊兮兮地說：「那現在就是my囉！」

「喂，你怎能這麼鴨霸？」

「呵呵，你們今天才認識我啊？我本來就是鴨啊！」

正在這個時候，小明的弟弟蹦蹦跳跳的跑出門，媽媽從面追趕上來，他嘴裡急急嚷著「麥、麥、麥……」

一連串的「麥」聲，打斷了蝸牛和小鴨的爭執，小鴨這下一個頭兩個大了，怎麼前頭蝸牛才說了「my」是我的，這會兒小寶寶又來一個「麥」，到底這個「ㄇㄞˋ」是什麼？

媽媽好不容易抓住了小寶，順著視線看見葡萄藤架下，咯咯叫個不停的小雞，和一直用蹼去踢蝸牛的小鴨，那樣子像爭什麼似的，正爭得不可開交。歪個身去看，只見地上是兩串漂亮紫葡萄，媽媽邊騰出一隻手邊喃喃說道：「這葡萄是誰剪下的？這可是要『賣』的啊！」

小蝸牛才想上前去說，是黃鸝鳥姊姊幫著他運下來，卻聽見了後面那句，一愣腦，怎麼又是一個「ㄇㄞˋ」？這個「ㄇㄞˋ」和小弟弟的「ㄇㄞˋ」，究竟一不一樣？

媽媽彎下腰，拾起地上兩串葡萄，另一手拉著小寶就要進屋去。

小寶百般不願，還在「麥啊、麥啊」地掙扎，媽媽一隻手抓不牢不斷扭動的小寶，失去平衡，另一隻手上的葡萄，咚咚咚掉下來，散成好幾處。

「唉，小寶，都是你啦，就一直『麥啊、麥啊』，這下子這兩串葡萄也不能『賣』了。」

小雞和小鴨一看機不可失，立刻叫著「my、my」，撲撲翅膀就找定想要的葡萄，垂下頭去吃，吃得可真愜意呢！

蝸牛們見狀也紛紛「my、my」喊著，然後再眼明「腳快」，爬向離自己最近的摔爛葡萄，就埋頭舔起葡萄來了。

小蝸牛嚐了兩口，抬起頭來看看大家，大家吃得正滿足，他心裡也填著滿滿的快樂。

註一：兒歌，蝸牛。

註二：蝸牛與黃鸝鳥（作詞：林建昌　作曲：陳弘文）

二〇一四・四・二一、二二　《更生日報》副刊

黑糖鼠

小老鼠阿吉放學一進門書包一丟就跑出去玩，直到天黑還不知道該回家吃飯。老鼠媽媽實在頭痛，阿吉這孩子不喜歡看書，不喜歡動腦想像，更不喜歡拿起筆來寫字，更別說要他寫篇文章了。

阿吉最喜歡吃黑糖，只要有一小塊黑糖，他就能夠自得其樂舔上個半天。媽媽想該不該拿黑糖當獎賞，鼓勵阿吉認真讀書。

阿吉媽媽是這樣做了，可是沒過多久，一小塊黑糖已經滿足不了阿吉了。

怎麼辦才好呢？

正當阿吉媽媽傷透腦筋時，重視學習的老鼠國為了慶祝兒童節，特別舉辦小老鼠文學獎，獲得第一名的老鼠，可以得到沖繩黑糖一百公斤。

阿吉媽媽知道這個訊息，喜出望外，她想著她家愛吃黑糖的阿吉，或許這是個可以改變阿吉的大好機會。

這天阿吉一進門，媽媽迫不及待要告訴他這個好消息。

「阿吉、阿吉，有個機會可以得到一百公斤的黑糖，你要不要？」

「一百公斤的黑糖？要，當然要，在哪裡？」聽到黑糖阿吉的眼睛亮了起來。

「是個比賽的獎品。」

「什麼比賽？」

這個獎賞太吸引人了，阿吉光想著在黑糖堆裡打滾就莫名的興奮起來，因此有股參加的衝動。

「那個啊……是我們老鼠國要舉辦小老鼠文學獎……」

「什麼文學獎？那要做什麼？」阿吉的尾巴翹得高高的，有點興致。

「就是寫文章參加比賽。」

「寫文章？」

「對……」媽媽沉思了一下，想著能讓阿吉清楚的字眼，「就是作文比賽啦！」

一聽到媽媽說出作文比賽四個字，阿吉眉頭皺了，尾巴也垂下了地，好半天他才說：「這個我在學校好像有聽到老師說了。」

「你聽說了？老師有說？」媽媽真高興阿吉學校的老師也看重寫文章這件事。

「老師說這種文學獎競爭很激烈，拿過學校作文冠軍的去參加比賽，勝算比較大。」

「嗄？」阿吉媽媽的心涼了半截，以阿吉那個每篇文章只寫一百多字，怎贏得過人家作文冠軍？

那就放棄了嗎？不，不行，還是要鼓勵阿吉才對，「阿吉，其實有心最重要，所以你也參加吧！」

「參加什麼？」

「小老鼠文學獎啊！」

「不，我才不要咧，那要寫一堆字，我不喜歡。」

阿吉媽媽想，每一個課程阿吉都不喜歡，天知道他喜歡過什麼？黑糖，兩個字閃電般撞進媽媽腦海，尤其文學獎比賽首獎是一百公斤的黑糖，應該夠吸引阿吉的吧？

「阿吉，你不是最喜歡黑糖？」

「我是最喜歡黑糖沒錯，可是這個跟作文比賽有什麼關係？」

「怎麼會沒關係？」媽媽說：「這個文學獎首獎是一百公斤的黑糖，一百公斤喔！」

「嗄？有獎賞的喔？老師怎麼沒說？」

原來老師忘了說到獎賞的部分，難怪阿吉會興趣缺缺。媽媽一看阿吉因為黑糖而有了興致，趕緊打鐵趁熱把文學獎的簡章拿出來。

阿吉很仔細看著簡章上的比賽辦法。

第一屆小老鼠文學獎

一、目的：培養老鼠國優秀寫作人才，提昇老鼠國的文化。

二、主辦單位：老鼠國文化部

三、活動辦法：

1. 徵文對象：老鼠國各級學校在學學生。

2. 徵文要求：主題不限，文章內容需在一〇〇〇字以上，一五〇〇字以內，字跡工整，請使用五〇〇字稿紙。

3. 徵文時間：老鼠國一五〇年七月一日起至七月三一日止。

4. 收件地點：老鼠國文化部文化課（老鼠國老鼠路一〇〇號）

四、評選揭曉：老鼠國一五〇年九月公布得獎名單。

五、獎勵辦法：特優小老鼠文學家一名，獲沖繩黑糖一百公斤；優等小老鼠文學家一名，獲沖繩黑糖七十公斤；二等小老鼠文學家二名，各獲沖繩黑糖五十公斤；三等小老鼠文學家三名，各獲沖繩黑糖三十公斤，佳作小老鼠文學家五名，各獲沖繩黑糖十公斤。

六、注意事項：

1.參加徵文的作品必須為獨立完成，合作的作品不予受理。

2.字跡潦草不易辨認者恕不受理。

3.請在徵文截止日前親自送至老鼠國文化部文化課。

阿吉非常用心研究手上這份徵文簡章，一百公斤的黑糖實在是太誘人了，他上上下看過好幾遍，目光總是不由自主的落在「特優小老鼠文學家一名獲沖繩黑糖一百公斤」這幾個字上面。

媽媽看這情形，阿吉絕對是心動了，於是乘勝追擊說道：「怎麼樣？獎勵很吸引人吧！」

「嗯。」

「那就參加啊。」

「哪有那麼容易？說參加就參加。」阿吉嚥了一口口水再說：「媽，我行嗎？」

「你沒聽過嗎？天下無難事，只怕有心人。」

「天下無難事，只怕有心人。」阿吉也跟著喃喃自語道，他想真的嗎？只要有心，一切就真的能迎刃而解嗎？

自從阿吉看過文學獎比賽辦法之後，為了黑糖，絞盡腦汁要寫一篇滿意的作品去參賽。可是他左思右想，總想不出要怎麼下筆，真是傷腦筋，都怪自己平常太不用功了，臨時要抱佛腳還真辛苦。

怎麼辦？距離徵文截止日只有三個月的時間，要怎麼加強自己的實力呢？阿吉想了兩天都沒想出辦法，當他面對五百字稿紙時，卻是發著呆一個字也寫不出來，更別說要完成一千五百字以內的文章。放棄了太可惜，一百公斤的黑糖呢，就算沒拿到首獎，佳作也有十公斤黑糖，夠他吃上好幾個月的，不盡力爭取實在說不過去。

阿吉皺著眉頭在廚房角落的洞口踱來踱去，公雞伯伯看見了問他：「阿吉，你怎麼了？阿清今天沒來約你去玩啊？」

「不是啦，公雞伯伯，我是在想事情。」

「想事情？」公雞伯伯昂起頭晃了晃，好像要弄清楚怎麼一回事。

「是啊，這事情很傷腦筋。」阿吉垂下頭一副不知如何是好的模樣，教公雞伯伯心疼了起來，「你有什麼事情好傷腦筋？」

「有啊……我在想要怎麼寫好一篇文章。」

「啥？你……你……想寫文章……」阿吉的不愛念書，是方圓幾里的動物人家都心知肚明的事，現在聽到阿吉親口說他想寫文章，公雞伯伯大感意外，一時間結巴了起來。

「公雞伯伯，您怎麼了？」

「呃……沒什麼。」公雞伯伯嚥了一下口水，心想既然阿吉一改過去好玩習性，現在有心要努力認真，那就該好好指點他，「阿吉，這個文章要寫得好，就要多看書。」

「多看書？」

「是啊，你看嘛，你是不是要多吃才會長大？」

「嗯。」

「寫文章這件事也一樣，書看得多了，你的文章自然就會寫得好。」

「寫文章和看書有什麼關係？」

「當然有關係，你沒聽過人家說過『熟讀唐詩三百首，不會作詩也會吟』這句話？」

「沒……」阿吉的尖耳朵跟著頭左右搖了搖。「公雞伯伯，這什麼意思？」

「意思是說多讀好的文學作品，就算沒有辦法寫出像人家那麼優秀的作品，但至少也吸收了很多不錯的文句。」

「真的嗎？」

「真的，所以要多閱讀。」

阿吉一聽，為了要寫好文章，顧不得和公雞伯伯說再見，立刻飛也似的跑回家，從書架上拿下媽媽買給他的課外書，拍掉書上的灰塵，坐上椅子很認真的讀了起來。

「唉唷唷，阿吉很不一樣了喔，已經好幾天沒看見他出去玩。」狗爺爺窩在竹籬外盯著依著牆洞口借光看書的阿吉，悄聲的向貓婆婆說道。

「是啊，我聽公雞說阿吉想寫文章。」

「阿吉想寫文章？是天要下紅雨了嗎？」狗爺爺的揶揄讓貓婆婆很不以為然，「老狗哥哥，你怎麼這麼說呢？阿吉這孩子好不容易痛改前非不再貪玩，他想寫文章這是好事，我們應該要鼓勵他，加強他的信心才對啊！」

「貓妹子啊，你說得對，我錯了。」狗爺爺垂下頭向貓婆婆鞠個躬致歉，不過他接著又問了：「阿吉是哪根筋想到要寫文章？」

「我問過阿吉媽媽，她說阿吉想參加老鼠國的文學獎。」

「什麼？阿吉想參加文學獎？」

狗爺爺這一聲叫得太大聲，嚇壞了公雞家的小雞仔，小雞仔紛紛拍著翅膀四處亂跑，慌忙中貓婆婆伸手去搗狗爺爺的嘴，不小心扯下他幾根鬍鬚，痛得狗爺爺在地上直打滾。

屋外的雞飛狗跳打斷了屋子裡阿吉看書的興致，他擔心狗爺爺，也擔心公雞伯伯一家，於是放下看了一半的書，跑出屋外。

公雞家的雞仔已經被爸媽安撫好了，乖乖的在雞籠子裡玩著，倒是狗爺爺的嘴角還疼著，一旁的貓婆婆則是略帶歉意。

「狗爺爺，您怎麼了？」阿吉好意問道。

「我？」狗爺爺撓撓腮，不好意思說出剛剛發生的事，於是換個話題說，「阿吉啊，你現在很乖喔，都不出去玩，只在家裡看書。」

「呵呵……沒有啦！」被稱讚的阿吉害羞得紅了臉，其實偶爾心頭還會想著玩耍的事。

「阿吉，聽說你想要寫文章參加比賽？」貓婆婆開門見山就問。

「嗯，是啦。」阿吉頓了頓說，「所以公雞伯伯教我要多看書，他說書看得多就能寫出好文章。」

「阿吉，多看書雖然也很重要，不過寫文章的技巧也要知道，方法對了，就可以寫出文情並茂的好文章。」貓婆婆以前輩的姿態教導阿吉，同時再把專家也請了出來，「至於寫作技巧嘛，可以請狗爺爺教教你。」

「呃……妳這樣說也對。」狗爺爺嚥了一口口水，勉為其難的接下貓婆婆替他攬下的教學工作，「阿吉，寫文章這件事情和很多事情都一樣，要勤奮，所謂一勤天下無難事，只要你夠勤奮的寫，絕對可以寫出不錯的文章。」

「阿吉，你看，狗爺爺是專家，一出口就知有沒有。」

「我們就從寫日記開始吧！」

於是阿吉聽從狗爺爺的指導，每天勤寫日記。剛開始阿吉像記流水帳一樣，從一大早睜開眼睛，起床換衣服、刷牙吃早餐寫起，千篇一律。後來狗爺爺告訴阿吉，要從每天發生的事件中，找出自己印象深刻，同時又有感觸的事情，把這些事好好發揮出來，會比長篇幅的流水帳有意義多了。

星期天愛爬樹的小松鼠踅著踅著就踅阿吉家附近，他想找阿吉出去玩，於是沿著樹幹滑下地，就在阿吉家門前探頭探腦。公雞伯伯看見了喝斥他，「阿清，你又想來引誘阿吉去玩啊？」

「才不是咧，阿吉自己也愛玩。」

「去去去，阿吉現在忙得很，沒空和你去玩。」公雞伯伯覺得自己有義務幫阿吉把關。

「阿吉忙什麼？他有什麼好忙的？」阿清才不信一向貪玩的阿吉有什麼正經事可以忙，同時完全不理會公雞伯伯，對著阿吉家逕自叫了起來：「阿吉、阿吉……」

一大早起床正用功看書的阿吉被一連串的叫聲打斷，走到門口，一看，是他的好玩伴小松鼠阿清，不需阿清多說，阿吉也知道阿清是來找他出去玩的。

看到阿清，阿吉的心就有點定不住了，該不該去呢？

「走啦，阿吉，我發現一個好玩的地方，我帶你去。」

「什麼好玩的地方？」阿吉有點心動，如果有他愛吃的東西就更棒了，

「那地方有黑糖嗎？」

「阿吉你真愛吃呢！不怕蛀牙啊？」

「我都有刷牙。」

「好了啦，廢話少說，我們走吧！」阿清向前拉阿吉的手，準備出發。這時狗爺爺從牆邊探出一顆頭，就像學校的糾察隊長，兩顆眼珠子骨碌碌的直盯著阿吉看，阿吉捏了一把冷汗，不得不趕緊說個理由拒絕。

「可是我在看書……」

「什麼？你在看書？哈哈……太好笑了，太陽要打西邊出來了，你……阿吉星期天在看書？哈哈……」阿清根本不相信向來看到書本就打瞌睡的阿吉，會把假日用來看書。

「哼，阿清，你少瞧不起我喔！」

阿吉生氣了，沒想到在阿清的眼裡自己是這樣的形象。阿吉轉身關上門回房間，他才不管阿清怎麼笑他，他愛怎麼笑是他的事，為了寫出好文章參加比賽，還是加緊腳步多看一些書才是要緊。

阿吉想起公雞伯伯說過的話，「要堅定信心，持續去做，一定會成功的。」

坐回椅子看書的阿吉，總是會分神想到剛才阿清說的好玩地方，那就像一隻毛毛蟲在阿吉心上鑽著一樣。那是什麼樣的地方呢？阿清現在一定玩得很快樂，阿吉也很想去玩玩看。

阿吉放下書走到門口，剛想跨出去，門邊竄出的貓婆婆像守門員一樣，嚴厲的眼神直直瞪著阿吉，「阿吉啊，你今天看了什麼書？昨天的日記寫了沒？」

「呃……有啦！」

阿吉吐了吐舌頭，趕快把身子縮回屋裡去，正好迎上為他送上飲料的媽媽，媽媽慈愛的摸了摸阿吉的頭，說道：

「阿吉，媽媽知道你也想跟阿清去玩，但是我們要學會分辨事情的輕重緩急，什麼事重要該先做，就不要把它放著，千萬不要錯過時機之後再來懊悔，那是於事無補的。」

媽媽的話讓阿吉清醒許多，尤其是又有這麼多好伙伴的支持鼓勵，現階段自己應該要全心全意在參賽這件事情上，怎麼可以被玩耍誘惑了呢？這樣就太對不起狗爺爺他們了。

在公雞、狗爺爺和貓婆婆的用心陪伴之下，阿吉終於如期完成了他的文章，完成那天，媽媽幫阿吉從頭到尾檢查了好幾遍，確定沒有錯別字之後，再幫他訂起來裝進信封，然後大家陪著他親自把文章交到老鼠國文化部的文化課。

「終於可以喘口氣了。」狗爺爺攤著四肢躺成個大字。

「又不是你參加比賽，你在喘什麼？」貓婆婆很不以為然。

「欸欸，雖然是阿吉參賽，我可是比他還緊張呢！」

「神經！」貓婆婆罵了狗爺爺一聲，很快轉換成和氣的口吻對大家說：

「現在我們就等著開獎，阿吉這麼認真，一定會得獎，他就會有很多黑糖可以吃了。」

「是啊、是啊，阿吉可以在黑糖堆裡打滾囉！」公雞附和了貓婆婆的說法，可是阿吉卻一臉平靜的跟大家說：「貓婆婆、狗爺爺、公雞伯伯，其實現在我覺得有沒有得獎都沒關係。」

「呃？」大家一致感到不可思議，阿吉那麼認真參加徵文不就是為了得獎，不就是為了那些黑糖，怎麼現在他說得不得獎都沒關係？

原來幾個月下來，阿吉已經培養出很好的閱讀習慣，也養成每天寫日記，他覺得從書裡得到的知識，比擁有一百公斤的黑糖還多、還快樂，尤其是讀書的過程裡，阿吉感覺就像吃著黑糖那麼甜呢！

二〇一二・十一・六、七 《更生日報》副刊

小貓尋夢

我是一隻貓，一隻離家出走的貓。

人類喜歡說我們這種沒和家人在一起的貓，叫流浪貓。

其實我怎麼會沒有去處，我只是要去尋找家族傳說中的愛心小女孩。

從小我聽遍家族前輩們說過的一個故事，那是他們輾轉從我的阿祖的阿祖的阿祖……好幾十代之前的阿祖那兒聽來的。他們說在熱情的港都裡，有條巷子裡門牌號碼像鴨子的那戶人家，住著一個心地善良的小女孩，說她曾經把我阿祖的阿祖的阿祖……好幾十代之前的阿祖給帶回家去收養。

自從我第一次聽到這個阿祖的故事，我就很想去找那個善良小女孩，住大房子、吃鮮魚飯，一直是我的夢想。

「妳啊，別老是作白日夢。」媽媽不懂我。

「媽，有夢最美。」

「有夢最楣，倒楣的楣啦！」媽媽喜歡吐我嘈，「妳沒聽過金窩銀窩不如自己的狗窩嗎？」

「我們是貓。」

「都一樣。」媽媽頓了一下再強調一次，「那就金窩銀窩不如自己的貓窩。」

儘管媽媽嘗試阻止我的築夢之旅，我還是在某一天偷偷的離家了。

我走了很多路，套一句人類說的話，叫做跋山涉水，總算找到我們貓族傳說中的六十四巷。

我想應該是到了沒錯，不管我阿祖的阿祖的阿祖……好幾十代之前的阿祖是怎樣告訴她的子孫，總之流傳在我們家的版本是，那條六十四巷的巷口有一家早餐店。而且前輩們還說這家早餐店賣的蛋餅，餅皮是自己做的，不是批來的那種冷凍餅皮，說有多好吃就有多好吃，會彈牙呢！

我想我的遠古阿祖，一定是吃過客人掉在地上的蛋餅屑，不然她怎會知道得這麼詳細。

老天是公平的，好運不會只落在一個人身上。

在早餐店徘徊了好幾天之後，總算也讓我有機會舔一口，一個小孩吃著吃著滑掉在他腿上的一大塊蛋餅，一個芝麻大的屑屑剛好掉在地上。

「媽媽，人家的蛋餅要掉下去了。」

這小孩真奇怪，只會坐著喊媽媽，他是不會自己用筷子把蛋餅夾回盤裡嗎？

這家媽媽更奇怪，眼睛盯著報紙，倒是動了口和手。

「小心一點。」嘴巴這樣說，手卻是搶上前來要「護蛋餅」。

「媽媽，有一隻貓想吃人家的蛋餅。」

我只是在桌下巡視，看看有沒有現成的蛋餅屑可以吃，哪是要吃這小鬼的，更何況我剛剛也舔過了。

臭小鬼這麼說，是誣賴。不知道我可不可以去告他？

「去去去，臭小貓。」

什麼？說我是臭小貓，妳又多香了？是妳家兒子手腳不靈活，弄翻了盤子妳竟然怪我，妳就尊貴？

「喵、喵。」

算了，好貓不與女鬥，我走就是了，反正我也嚐過蛋餅的滋味了，嗯，是真的不錯唷！

我爬下早餐店的水泥階梯後，站在六十四巷的巷口望去，六十四巷看起來並不長，感覺就像我曾經為了躲雨鑽進工地的水管那樣，看得到另一頭的亮光。

我抬頭看看巷子兩旁的房子，不自覺的動了動嘴巴，從牙齒縫冒出來的蛋餅香氣，害我差點被自己的口水嗆到，咳咳，這個可以用「齒頰留香」來形容吧！

六十四巷的巷民真有福氣呢，出了巷口就有好吃的蛋餅可吃。

這麼想我就羨慕起我阿祖的阿祖的阿祖……好幾十代之前的阿祖，她在六十四巷住了多久，就有多久的蛋餅屑可吃。

那我也要永遠住在六十四巷！

「噗噗噗。」

我剛在心裡下了決心，一部摩托車沒按喇叭通知我，就筆直衝過來，如果不是我閃得快，可能就會出意外，平白失去一條「貓命」。

「喵喵喵。」我對著機車騎士叫幾聲以示抗議。

可是讓人鬱卒的是，從機車上下來的中年男人根本不理我。我真想跳上前去跟他說，「喂，沒禮貌，差一點撞到貓，也沒說對不起，你媽媽是怎麼教你的？」

後來想想算了，會在一條小巷子飆機車的人，是不可能懂禮貌的。

這次我好貓不跟男鬥。

我還是趕快去找我阿祖的阿祖的阿祖……好幾十代之前的阿祖遇見過的善良小女孩才是要緊。

我慢慢踱著，邊踱邊抬頭查看兩旁的門牌號碼。我想六十四巷不長，住戶應該不會很多，可是我因為不時要抬起頭，感覺脖子有點痠。

當我找到救過我阿祖的阿祖的阿祖……好幾十代之前的阿祖的那個小女孩時，不知道她會不會幫我「抓龍」一下？

呃？不對喔，是抓「貓」才對。

才感覺脖子痠，接下來就發生教我頭痛的事了。因為六十四巷裡門牌號碼有鴨子的，不只一家呢！

我從巷子頭晃到巷子尾，右邊有三家門牌號碼有鴨子，第一家是一隻鴨子而已，第二家鴨子旁邊有根棍子，第三家已經接近巷尾，是兩隻鴨子並排的人家。

右邊這三家已經讓我頭大了，一看左邊，本來我還很高興沒看到鴨子來湊熱鬧，誰知道越往下走，就越讓我一個頭兩個大，因為鴨子出現後是一家挨著一家，連著五家。

而且這邊是鴨子後面還跟著別的東西，這下子我要在八家裡面找出好心小女孩的家，真是個大考驗。

我該怎麼辦？

不要找了，認命吧！註定我沒有阿祖的阿祖的阿祖……好幾十代之前的阿祖的福氣。

真教人洩氣，我的尾巴再也沒有力氣往上翹起來。

我拖著尾巴垂著頭打算放棄的時候，忽然聽見從心臟跳出一個聲音，「怎麼可以輕易就放棄呢？妳又還沒試。」

嗯，有道理，精神一來，我又抬頭挺胸了。

可是這時又有一個聲音跑出來勸我，「妳別傻了，八家呢！有八家，你要等到什麼時候才會遇見那個小女孩啊？」

對喔！小女孩如果都沒出門，我怎麼知道她住在哪一隻鴨子的門後？

「妳別聽她說，要相信自己做得到。」

「她是在害妳被看笑話，千萬別浪費精神和時間。」

「妳一定聽過『有志者事竟成』這句話，下定決心去做的事一定會成功的。」

「成功哪有那麼快？別聽她胡說八道。」

「喵喵喵。」吵死了，我一叫，兩個聲音都不見了，我得好好想一想，應該怎麼做？

我抬頭看看天，不知道是不是只要我說了「喔，老天！」就可以得到答案？

天藍得像條軟綿綿的絨毯，也沒現出什麼提示，連個小小暗示都沒有。

怎麼辦？我阿祖的阿祖的阿祖……好幾十代之前的阿祖又不在我旁邊，不然我就可以向她求救了。

這時忽然有個聲音飄進我耳朵，去找紅色磚牆那家就對了。

呃？是阿祖的阿祖的阿祖……好幾十代之前的阿祖來了嗎？不然誰跟我

說話？

這些暫時不管，既然有個方向了，那就試試看吧！

我快速在巷子裡奔跑，終於看到紅牆有鴨子門牌的那戶人家。走，找紅磚牆去。

我興奮的在門前踅來踅去，卻是什麼人都沒看到。

沒關係，我就耐心等候，一定會有人進出，不是有句話說「戲棚下站久就是你的」？

好不容易有人來找這家人，叮噹，門開了，一個女人出來應門，但她只把門打開一個小縫。

我想溜進去看看，前腳才踏進，再要縮進後腳時，女主人見鬼似的大叫一聲，嚇得我魂都快沒了，一時沒了主意，回頭趕快鑽出門縫。

還好我媽有把優雅教給我，不然被女主人這一嚇，別人肯定會屁滾尿流。我還好，只是閃太快，跌了個四腳朝天而已。

最嘔的是，我什麼也沒看到，不只傳說中的好心女孩沒看見，連那個突然哀嚎的女主人長得如何，我都不清楚。

「唉唷，那隻小貓嚇死我了。」女主人不停拍著她的胸脯。

跌在她家花圃前的我，實在難以置信，我這黑貓被她嚇得三魂七魄只剩一丁點，都沒像她那樣拍個不停，她這人膽也太小了吧！

「那隻小貓也被妳嚇到了。」訪客說的是人話。

「是嗎？」女主人不好意思的笑了笑，眼神瞥向我，我得裝個可憐樣，看她會不會跟我說對不起。

可惜，她沒有。

沒關係，我選擇原諒她，人與貓本來就不同道嘛！

其實我沒這麼偉大，是因為女主人透露了好心小女孩的消息，我一時興奮，也就「大人不計小人過」了。

呵呵，能夠知道好心小女孩去處真是太好了，這真可以說是……啊，對了，就是那「踏破鐵鞋無覓處，得來全不費工夫」。

什麼？你不信我有這麼「好貓運」。好吧，好吧，再爭個面紅耳赤也沒意思，我們就讓證據來說話。是的，證據。

來，倒帶一下，請聽聽女主人剛剛說的話。

「我啊，最怕貓了，妳都不知道，我們家小妮妮念小一的時候，有一天下課回來，在巷子口撿到一隻剛出生的小貓，就一路捧著那隻小貓，把牠帶回來了。我開門一看到，差點昏了。」

「嘻嘻……」客人只顧著笑。

這不就是證據了？

因為客人也想知道來龍去脈，女主人因此說故事一般細說從頭了。

「小妮妮，妳哪裡抓來一隻貓？」

「媽咪，我在前面小巷口看到這隻小貓，牠好可憐喔！」

「唉唷，這隻小貓才剛出生，眼睛都還沒張開呢！」

「所以我才把牠抱回來，媽咪，我們養牠好不好？」

「不行、不行，牠的媽咪呢？妳抱牠回來的時候，牠的媽咪沒對妳怎樣吧？」

「媽咪是說小貓媽咪有沒有咬我是不是？」

「嗯，有沒有？」

「才沒呢，因為根本沒有小貓媽咪。」

「妳沒看見小貓的媽咪？」

「嗯，小貓貓好可憐，沒有媽咪愛牠，媽咪，我們養牠好不好？」

「不行、不行，小妮妮，妳趕快把貓咪抱回牠原來的地方，牠的媽咪一定是去找東西要給牠吃。」

「是嗎？」

「對，趕快把牠抱回去，我們不養貓。」

「嗄？不能養喔？」

「嗯，不養，妳趕快把小貓抱回牠原來的地方，不然牠媽咪找東西回來看不見孩子，會很著急。」

「噢……」

呃？怎麼變成這個版本了？

阿祖的阿祖的阿祖……好幾十代之前的阿祖，是遇見過一個好心小女孩，但我聽到的家族傳說，和這個有差別，而且差別很大。

據我媽說，她的阿祖聽她的阿祖，她阿祖的阿祖又聽再之前的阿祖，總之是聽好幾十代之前的阿祖口傳下來的紀錄，那是個幸福版本。

話說我那個阿祖的阿祖的阿祖……好幾十代之前的阿祖，還是我這個年紀時，有一天因為貪聞早餐店的蛋餅香，尋香去多吃了幾口，就陰錯陽差和家人分散了。

找不到親人的這個好幾十代之前的阿祖，垂頭喪氣在那條六十四巷漫無目的踅著。就在她萬念俱灰的時候，天使出現了，路過的小女孩看見她瑟縮在牆角，輕輕對她說：「小貓咪，你家住哪裡？」

「喵喵。」

「好可憐喔，你說你無家可歸啊？」

「喵喵。」

「你肚子餓了嗎？」

「喵喵。」

「餓了喔，好，你等著，我回去拿飯給你吃。」

「喵喵。」

「哎呀，你要跟我來啊？媽媽會不喜歡喔！」

「喵喵。」

「小貓咪，你乖乖在這裡等，我回去拿吃的來。」

「喵喵。」

「不行啦，你不行跟來，媽媽會生氣的。」

「……」

「嗯，這樣才乖，我回去拿好吃的來喔！」

聽說我那好幾十代之前的阿祖沒等多久，好心小女孩就端來一碗加了魚鬆的飯，已經餓了大半天的阿祖的阿祖的阿祖……好幾十代之前的阿祖，顧不得在小女孩前保持形象，當場就狼吞虎嚥了起來。

「喔，可憐的小貓咪，你真的餓壞了。」

「喵喵。」

「還要啊？」

「喵喵。」

「你等著，我再進去盛飯來。」

聽說小女孩再出現時，又是一碗白飯，可上面加的不是魚鬆了，是更可口的好料——小魚乾，我那遙遠年代的阿祖，這回像是品嚐佳餚那般細嚼慢嚥，好不容易才吞完那一整碗白米飯。

飽食一餐，老老老前輩阿祖挺個圓滾滾肚子搔首撓腮，呵欠一打，她是倦了，想睡了，然後她「喵喵」了兩聲，是向小女孩道聲謝謝，哪知小女孩一聽我那當年還不是年高德劭的阿祖的「喵喵」，又是一回自我解釋，「喔，你還想吃啊？我再回去弄，你乖乖等唷。」

小女孩轉身就要進屋去，我那好幾十代之前的少女阿祖，翻身一骨碌躍起，用爪子扒著小女孩的裙子，她只是想說：「妳別再弄飯給我吃，我吃撐了。」

可能是祖宗阿祖突如其來的動作驚嚇到小女孩，她一慌張尖叫一聲：「媽——」

小女孩媽媽聽到叫聲十萬火急奔來，正好逮住現行犯，因為好幾十代之前的少女阿祖兩隻前腳還搭在小女孩的裙子呢！

「臭小貓，去去去。」

「嚶嚶……」

「媽咪就跟妳說不要隨便逗野貓，牠們兇起來很可怕的。」

「嚶嚶……」

「好了，沒事了，媽咪把牠趕走。去去去，臭小貓。」

「嚶嚶……」

「妳還要過去做什麼？」

「把小碗拿回來。」

「什麼？妳還弄飯給牠吃？喔，這臭小貓真是忘恩負義，吃飽了就想欺負妳。妮妮啊，不要隨便弄東西給流浪貓吃，看到流浪貓要記得跟媽咪說。」

「為什麼要跟媽咪說？」

「媽咪好打電話給流浪動物之家，請他們來處理啊！」

阿祖的阿祖的阿祖……好幾十代之前的阿祖一聽，此時不走更待何時，於是不作留戀的拔腿就跑。

幸好我那阿祖的阿祖的阿祖……好幾十代之前的阿祖跑得快，到別處去建立家庭，不然我哪有機會聽到，從遠古時候輾轉流傳下來的故事。

只是經由口耳相傳的事情，竟然失真到這麼嚴重的地步，簡直是兩個不同走向的故事。難道是我聽媽媽說故事時分心了？我得想想，怎麼會相差這麼多？

就是因為聽媽媽說了古代阿祖的故事，我心裡才湧起一股尋找傳奇的熱勁，這還引發媽媽相當的不以為然。

「黑妞啊，別一天到晚做那種不實際的夢，在家多好哇！」

「我去找看看老家在哪裡？」

「老家？」

「對啊，阿祖的阿祖的阿祖……好幾十代之前的阿祖被好心小女孩收留了，那就是我們的老家。」

「呃……」

「媽，我這是在尋根，所以妳應該支持我才對啊！」

「我才不跟妳瘋在一塊。」

就是因為媽媽這樣的態度，我才會跟她嘔氣離家，記得我奔出家門的時候，媽媽好像在我後面追著喊：「黑妞，妳祖媽阿祖如果有被收留，我們就不會在這裡了。」

嗯，媽媽最後說的那句話好像才是重點。

可是我都已經來了，不是有句話說「既來之則安之」，我總得看看好心小女孩的廬山真面目吧！

我等了又等，等到黃昏時候，一個揹著國中書包的女孩摁了紅磚牆鴨子門牌下的電鈴，是早先我被她嚇著的那個太太來開的門，門一開她就說了：「妮妮，趕快進來，早上我被一隻黑貓嚇壞了，我怕牠還在外頭想混進我們家。」女孩媽媽關門的動作超級快，就是他們人類常說的那個「迅雷不及掩耳」，女孩連要回頭做確認的機會都沒有。

我從汽車底下鑽出來，想著剛剛那個媽媽喊女兒的名字，滿熟的。啊，對了，這個真特別的名字，妮妮，那就是我那好幾代前阿祖遇見的那個小女孩嘛！我果然找對了。

小女孩長大了，看起來慈眉善目，應該仍然有好心腸。或許她會可憐我、收留我。那我至少該讓她看見我。

於是我跳上她家門前的摩托車踏板，我蜷縮著身體，其實是有點餓了。正當我垂著頭猛吞口水時，紅磚牆的大門咿呀一聲打開，我隨著聲音抬頭，正巧和名叫妮妮的女孩對眼看上了，她躡手躡腳跨出半步，我以為她要邀我進去，高興得抖著身體站起來，沒想到這卻把她嚇到了，她兩腳一退，退進屋裡，和她媽媽一樣也是快速關門，我跳到門邊用我的爪子摳著門，我只是想說：「好心女孩，請妳給我一碗飯。」

可是我沒機會這麼做，因為我聽見讓我傷心的話。

「媽，我看見那隻小黑貓了，就在妳的摩托車踏板，妳要不要趕快打電話給流浪動物之家，請他們來把牠帶走。」

怎麼會這樣？太出乎我的意料了。

我是遠古阿祖的後代，一樣是貓，怎麼差這麼多？是年代不一樣了？還是愛心女孩變了？

當我正傷心時，屋子裡的女孩又說了，「媽，妳快打電話嘛，不然小貓這樣到處流浪太可憐了。」

啊，女孩還是很有愛心，只是我的夢碎了。

二〇一一・三・二三、二四　《更生日報》副刊

弟弟，出來玩

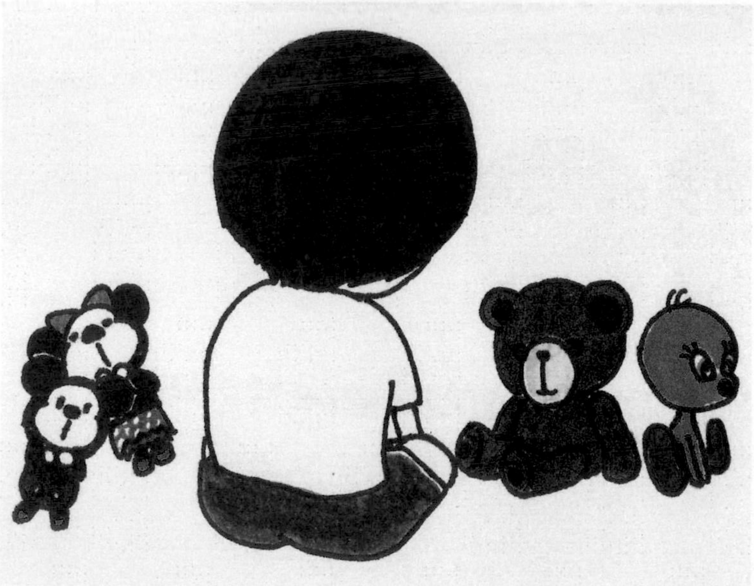

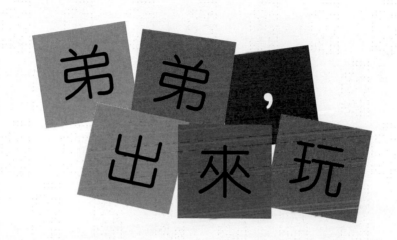

三歲的小杰每天和媽媽在家裡，媽媽陪他看書、聽音樂、玩遊戲。和媽媽在一起的感覺真好，可是小杰想要像其他小朋友那樣，有哥哥或弟弟陪著一起玩。

媽媽也知道小杰需要年齡和他一樣大的玩伴，所以媽媽會帶小杰去公園散步，小公園裡也會有其他小孩，小杰都能和他們玩得很快樂。

可是，每到要回家的時候，就是小杰最難過的時刻。他不得不和小朋友說再見，小杰總是垂下眉尾和嘴角，很不得已的才開口和小朋友道別。

有一次，小杰不是開口說再見，而是拉著要讓媽媽帶回家的佑佑小手，渴望地說：「佑佑，我和你一起回家，好不好？」

佑佑的媽媽笑了，佑佑也笑了。

「媽媽，小杰說要和我們回家。」佑佑抬頭跟媽媽說。

「噢，看小杰媽媽怎麼說？」佑佑媽媽瞇眼笑著。

「小杰乖，佑佑要回家，我們也回去了。」小杰的媽媽皺著眉說。

「不要、不要，我要和佑佑玩。」

「天黑了，媽媽和佑佑媽媽都要回家煮飯，不能再玩了。」

「小杰乖，要聽媽媽的話喔！明天再來玩，佑佑媽媽也要趕快回家，不然佑佑哥哥回來，會進不去屋子的。」

小杰哇的一聲哭出來，「佑佑都有哥哥，我也要哥哥。」

從此以後，小杰在家裡常常對著媽媽說，「佑佑都有哥哥，我也要哥哥。」

媽媽耐心的告訴小杰，「小杰，你就是我們家的哥哥啊！」

「我不是哥哥，又沒有人叫我哥哥。」

媽媽抱起小杰的泰迪熊布偶，對著小杰喊，「小杰哥哥，你是我的哥哥。」

小杰一手揮開媽媽手上的泰迪熊，泰迪熊摔倒在床上，小杰瞪了泰迪熊一眼。

「我不是你哥哥，你是臭熊熊。」

媽媽再拿起米老鼠，搖搖晃晃到了小杰面前。

「小杰哥哥，你好，我是米老鼠弟弟，我們一起來玩吧！」

小杰先是露了牙齒笑一笑，但他還是把米老鼠推開了。

「走開、走開，我不要你當我弟弟。」

媽媽只好把米老鼠放好，很快地又拿起唐老鴨布偶，靠向小杰臉頰親了一下。

「我好喜歡你唷！小杰哥哥。」

「我不要讓你喜歡，討厭、討厭。」小杰邊說邊撥開媽媽手上的唐老鴨。

「這個也不好，那個也不要，你到底要怎樣？」媽媽有點洩氣。

「我要和佑佑玩啦！妳都不讓人家去佑佑家玩……哼，我生氣了，不要跟妳好！」小杰生氣了，他站起來走向自己的房間。

媽媽也跟著要走進小杰的房間，小杰回轉過來擋住媽媽，他說：

「我不要跟妳好，我要躲起來。」

媽媽摟住小杰說：「那我就變成名偵探柯南，把你找出來。」

「那……我就變成一本書。」

「你變成書，媽媽就變成書櫥把你裝在身體裡保護你。」

「我長大了，才不要妳保護呢！」

「喔——小杰長大了，不要媽媽保護囉！那就乖乖不要再吵了，媽媽趕快去煮晚飯，爸爸快回來吃飯了。」

媽媽摸摸小杰的頭，轉身就要走向廚房，冷不防的小杰突然冒出一句。

「媽媽，你變一個弟弟給我，好不好？」

「呃？」媽媽愣了一下，然後哈哈笑說：「呵呵……小杰，媽媽沒有辦法變一個弟弟出來。」

「為什麼？」小杰睜大眼睛不解的盯著媽媽看，電視卡通裡的人都能把人變出來，為什麼媽媽不能？

「小杰，弟弟是生出來，不是變出來的。」媽媽撫著小杰天真無邪的臉。

小杰停頓了一下，接著要求媽媽。

「那……媽媽，你生一個弟弟，好不好？」

「噢？生一個弟弟……」媽媽想起要煮晚餐的事，「噢，媽媽該去做晚飯了。」

媽媽沒回答小杰的問題就跑走了，留下小杰獨自一個人在房門口，心裡只想有一個弟弟和他一起玩。

小杰每天還是只跟媽媽在一起，除了媽媽，小杰房間裡有一整櫥繪本故事書，床頭也有整排布偶，但是仍然少了一個小杰很想要有的，和他一樣會說會動會笑會哭的玩伴。

媽媽每天都會講故事給小杰聽，故事裡都有哥哥姊姊弟弟妹妹，小杰什麼都沒有，只有他自己。有時候媽媽把布偶組成一個家，泰迪熊是哥哥，米老鼠是弟弟，米妮是姊姊，崔弟是妹妹，小杰和媽媽都玩得很快樂，可是布偶不會說話，小杰還要假裝布偶哥哥、布偶弟弟說話。小杰不喜歡這樣，他喜歡真的哥哥自己說話，或是頑皮的弟弟自己吵鬧。

有一天，小杰有個大發現，他發現只要站在媽媽房間長長穿衣鏡的前面，鏡子裡就會有一個和他一樣大小的男孩。

小杰好高興，家裡終於有了他和媽媽以外的人，而且是他一直盼望的，和他一樣的小男孩。

自從小杰有了這個發現之後，只要媽媽在後面陽台洗衣服，或是媽媽在廚房裡忙著煮飯，小杰再也不會感到孤單。

小杰會站在穿衣鏡前，和鏡子裡的小男孩說話。鏡子裡那個和小杰長得一模一樣的小男孩，也像小杰一樣不停和他說著話，只是小杰都沒聽到鏡子裡那個男孩的聲音，他只聽到自己的聲音。

「弟弟，出來玩嘛！」小杰對著長長穿衣鏡微笑，並且伸手去觸摸鏡子裡的小男孩。

鏡子裡的小男孩也把手伸向前，隔著鏡子和小杰手碰手，小杰好興奮，再伸手摸摸鏡子，正巧摸到鏡子裡小男孩的臉，小杰從自己的眼角也看到小男孩要摸他，小杰忙把自己的臉貼在鏡面上，心裡也生出一股溫暖。

「弟弟，你喜歡我喔！」

小杰開口說話，他看見鏡子裡的小男孩也開口在說話，小杰想這個弟弟一定也像他一樣很孤單，想要有個伴，他也想出來玩吧？

「弟弟，你跟我一樣，都只是一個人喔？」

小杰問完，鏡子裡那個小男孩也閉上嘴巴，不說話了。

奇怪？這個弟弟真奇怪，我說話他也說話，我停下來不說他也停下來不說，怎麼會這樣？小杰感到納悶。

小杰後退一步，歪著腦袋想著這個奇怪的現象。小杰一下子把頭歪斜到右邊，沒想到鏡子裡男孩的頭也跟著他歪向一邊，小杰再歪向左邊，那個男孩也歪向同一邊。

小杰不懂了，鏡子裡的弟弟為什麼要學他，想和他一起玩，走出鏡子就是了嘛！

弟弟是不是不好意思？因為我站在他前面。小杰想到這點，於是不作聲色的悄悄離開媽媽的穿衣鏡。

「說不定我走出媽媽房間，小弟弟就會勇敢走出來和我玩了。」小杰慢慢把腳步踏向媽媽的房門外。

抿著嘴憋著笑意的小杰感覺有點刺激，他覺得自己快要有一個弟弟玩伴了。以前沒有哥哥姊姊也沒有弟弟妹妹很無聊的日子，應該就要過去了，以後再也不必自己玩著一點都不好玩的遊戲。小杰想得眉開眼笑，迫不及待要和鏡子裡的小弟弟玩，但是當他回頭一看，媽媽房間的穿衣鏡前面並沒有小弟弟。小杰有點失落，原來，那個小弟弟還是沒走出鏡子，真沒意思！

這時媽媽在後陽台洗衣服，小杰跑去後陽台找媽媽，至少可以和媽媽說說話，比較不寂寞。

「媽媽，妳在玩泡泡喔？我也要玩，我也要玩。」

「小杰乖，媽媽在洗衣服，你自己去玩喔！」

「不要、不要，我也要玩泡泡。」

「乖，不要吵，媽媽是洗衣服，不是玩泡泡。」

「那，媽媽，妳也把我洗一洗。」

小杰的話讓媽媽笑了，媽媽揉揉小杰的頭，小杰直往媽媽懷裡鑽。

「噢，下午媽媽就會幫你洗澡了啊！」

「不是、不是，我要媽媽像洗衣服這樣洗我啦！」

「呵呵，小傻瓜，衣服是髒了才要洗，你這麼乾淨，不用洗的。」

小杰一聽媽媽這麼說，二話不說的就往陽台地板一躺，還右滾滾、左翻翻，媽媽看得莫名其妙，不解的問小杰。

「你在做什麼啊？小杰。」

小杰一骨碌從地板上再爬起來，擠到媽媽和洗衣槽中間，帶著雀躍的語調說：「媽媽，現在我髒髒了，妳把我洗一洗吧！」

「呃？」

媽媽錯愕了一下，然後用沾滿肥皂泡泡的手，將小杰提出後陽台，送進室內，「乖，小杰去看書，或是去和布偶弟弟玩，媽媽洗好衣服就來陪你了。」

「媽媽……」小杰還想和媽媽玩，他不要自己一個人在房間。

「小杰，不聽話囉？」

「……」

小杰眼巴巴的望著媽媽，可是媽媽要忙著洗衣服，實在沒空理會小杰。小杰只能垂著頭拖著腳步，無精打彩的向著他的房間去了。

沒有玩伴的時候真無聊，小床上排排站的布偶，小杰一個也不想玩。他東看一看，西看一看，好半天之後，小杰從書櫥裡拿出一本繪本故事書，坐在床板上認真的看著。

小杰看得出神，連媽媽洗好衣服來到身邊他都沒感覺。

「小杰好乖喔！自己在看書啊？媽媽洗好衣服來陪你了。」

媽媽覺得小杰真乖，在她忙碌的時候會一個人安靜看書，這樣的孩子應該讚美。尤其是媽媽都已經忙完來到他的身邊，小杰還是低頭靜靜看著他手上那本「小狗」，一點也沒有趁機撒嬌或耍賴。

「小杰，看什麼？」媽媽輕聲問小杰。

「小狗。」

「小杰喜歡小狗啊？」

「嗯。」

媽媽也陪著低頭看小杰放在腿上的那本「小狗」，媽媽的手還指著書上的小狗圖片說，「真可愛的小狗，是不是？小杰。」

小杰沒作聲，小手也跟著媽媽的手，指著書上的小狗，突然間他若有所思，然後抬起頭來，對著媽媽說：

「媽媽，妳生這隻狗狗給我。」小杰的手還是指著原來的地方。

「嗄？」

這句出乎媽媽意料的話讓媽媽傻住了，媽媽看看小杰，再看看小杰手上的繪本，接著呵呵大笑。

「媽媽，妳笑什麼？」小杰皺著眉頭看著大笑的媽媽，真不知道媽媽在笑什麼？

「呵呵……」

「媽媽，妳生這隻小狗狗嘛！」

小杰站起來搖晃媽媽的身體，媽媽被搖晃得受不了了，笑聲也被搖得飛出窗外。媽媽抓著小杰的手，再讓他坐下來。

「小杰，媽媽是人呢，怎麼生小狗？」媽媽笑咪咪的向小杰解釋。

「噢，媽媽不會生小狗喔！」

小杰失望的垂下眼，不小心又瞥見書上那張可愛的小狗圖片，心裡一陣難過，好可惜喔！媽媽沒辦法生一隻和你一樣可愛的小狗跟我玩。

媽媽去煮飯了，小杰又得自己一個人玩。好討厭喔！媽媽為什麼是人？人為什麼不能生小狗？我還是沒有人陪我玩。小杰心裡嘟嘟囔囔著。

小杰在床上躺了一下，翻個滾又坐起來，實在很沒趣，又躺下床去，把每一個布偶都抱到身上玩一下，再放回去原來的位置，一點也不好玩。

這時小杰想到媽媽房間鏡子裡的小男孩，他是不是也因為媽媽在忙，沒人陪他玩呢？小杰馬上從床上坐了起來，很快地跑到媽媽房間。

小杰站到鏡子前的時候，看到那個小男孩已經在鏡子裡了，小杰有一點

興奮。

「咦？你這麼快就來了啊？」

小杰問鏡子裡的男孩，鏡子裡男孩的嘴也開開合合，小杰知道小男孩也在問他，雖然他只聽到自己的聲音，沒聽到小男孩的聲音。

「你知道我想跟你玩喔？」

小杰對著鏡子裡的男孩笑，那男孩也回給小杰一個可愛的笑容，小杰好高興，拍著手跳了起來。

一不小心，小杰的頭撞到了鏡子，有點疼痛，小杰摸摸自己前額，嘟著嘴小聲喊「痛痛。」

這時小杰從眼尾餘光，瞄到鏡子裡的小男孩，也正摀著自己的頭。小杰這才想到，他這一撞也撞到鏡子裡的男孩了。

「小弟弟，對不起，撞到你了。」小杰向小男孩鞠躬敬禮道歉。

一抬頭，小杰看到鏡子裡的小男孩對他笑，好像是在跟他說「沒關係」

似的。小杰心裡很快樂，他覺得自己遇到一個有禮貌的好玩伴了。

「小弟弟，痛不痛？來，我幫你呼呼。」

小杰說著向前靠近鏡子，舉起右手，摸向鏡子小男孩的額頭，嘴還嘟成圓圓的，幫鏡子裡的小男孩吹著氣呼呼。

「不痛了吧？」小杰問。

鏡子裡的小男孩只顧著笑，再是盯著小杰看。

小杰也盯著他望，再對他咧嘴笑。

「小弟弟，我媽媽在煮飯，你媽媽呢？」

「我爸爸去上班了，你爸爸呢？」

「我叫小杰，你叫什麼名字？」

「……」

小杰興致高昂的一直說，他說話的時候，看見鏡子裡的小男孩也在說話，心裡覺得奇怪，小男孩的媽媽怎麼沒教他，要等人家說完再說，不要搶著一起說。小杰覺得自己是哥哥，該要讓小男孩先說，可是當小杰一停下來，小男孩也閉上嘴巴不說話了。

小弟弟是害怕嗎？還是害羞？

小杰想起媽媽常常讚美他，被稱讚的感覺真好；媽媽也常常鼓勵他，被鼓勵之後他就越來越有信心。也許只要給小弟弟一點點鼓勵和稱讚，小弟弟就不會害怕，也不會害羞了。

「小弟弟，你好可愛喔！不要害羞，這裡只有我，我是小杰哥哥。」

小杰說完，小男孩也像小杰一樣怔怔看著對方，一句話也沒說。

「小弟弟，你不要不說話嘛！我很可愛也很乖，你不用害怕，我不會欺負你，我媽媽都叫我要愛護布偶弟弟們，你不是布偶，你是真的弟弟，我會更愛護你喔！」

小杰實在有點洩氣了，他說了這麼多好話，鏡子裡的小男孩仍然只是和他對看，都不肯主動先開口說說話。

媽媽在廚房裡作飯，隱約聽到房裡小杰在和別人對話，媽媽覺得很納悶，明明家裡只有她和小杰兩個人，這個時候房裡應該只有小杰、布偶和繪本故事書。小杰在和誰說話？

媽媽趁著鍋裡熬湯，走到房間要看看小杰到底是怎麼一回事？

「小弟弟，你怎麼還不肯出來？你出來玩啊！」

媽媽站在房門口，看著小杰對著鏡子喃喃自語的樣子，先是覺得有趣，不禁莞爾一笑。可是多站一會兒之後，媽媽看到了小杰的寂寞，媽媽完全感受到小杰想要一個玩伴的心情，媽媽的笑容漸漸消失了，媽媽還對自己沒想到小杰的孤單而歉疚。

晚上，媽媽把小杰邀鏡子裡的他出來玩的事告訴爸爸，爸爸皺著眉感到訝異，爸爸也覺得小杰實在太孤單了。

「我們是不是該幫小杰添個弟弟或妹妹？」

「嗯，好像是該幫小杰添個玩伴了。」

小杰還是想跟佑佑回家去，他羨慕佑佑有哥哥和他玩；有的時候小杰會吵著媽媽生個弟弟，他要當哥哥陪弟弟玩。

可是媽媽還是沒答應小杰跟著佑佑回家，而且媽媽也還沒生個弟弟，讓小杰當哥哥。小杰最多只能當布偶的哥哥，和布偶玩一個人扮演好幾個角色的遊戲；再不然小杰就是鍥而不捨的要邀鏡子裡的小男孩出來玩，雖然一直都沒成功。

漸漸地，小杰發現媽媽的肚子大了起來。

「媽媽，妳吃太飽了嗎？」

「沒有啊！」

「那為什麼妳的肚子變大了？」

「媽媽的肚子變大了，裡面可以裝個小娃娃喔！」

「媽媽，我以前也住在妳的肚子嗎？」

「對啊，你以前在媽媽肚子裡很調皮，常常拳打腳踢，後來你想出來玩，就從媽媽的肚子滑出來了。」

「真的喔？那媽媽妳把我變成小娃娃，再裝進妳的肚子，好不好？」小杰想到在媽媽的肚子裡，他可以被媽媽包圍著，一點也不會孤單。

「呵呵……小杰，你這麼大，是哥哥了，媽媽沒有辦法再把你裝進肚子裡。」

「噢——」小杰發出失望的聲響。

媽媽察覺到小杰的失望，慈愛的摸摸小杰可愛的臉蛋。

「小杰，別難過，你不是想要一個弟弟？媽媽的肚子現在已經住著一個小寶寶了喔！」

小杰一聽到弟弟，再聽到媽媽的肚子裡住著一個小寶寶，眼睛立刻晶亮得如同天上的星星，一閃一閃發著亮光。

「真的喔？」

「真的啊！再過一陣子，小寶寶就會生出來，小杰就當哥哥了。」

「我要當哥哥了，好好喔！」小杰興奮得手舞足蹈，然後他把臉頰貼在媽媽肚子上，輕輕對著媽媽的肚皮說：「弟弟，你趕快長大，趕快出來，哥哥天天陪你玩喔！」

二〇〇九・二・二十、二十一《更生日報》副刊

兒童文學40　PG2152

都是ㄇㄞˋ的

——王力芹童話故事集

作者／王力芹
繪圖／羅莎
責任編輯／鄭夏華
圖文排版／林宛榆
封面設計／楊廣榕
出版策劃／秀威少年
製作發行／秀威資訊科技股份有限公司
114 台北市內湖區瑞光路76巷65號1樓
電話：+886-2-2796-3638
傳真：+886-2-2796-1377
服務信箱：service@showwe.com.tw
http://www.showwe.com.tw

郵政劃撥／19563868
戶名：秀威資訊科技股份有限公司
展售門市／國家書店【松江門市】
104 台北市中山區松江路209號1樓
電話：+886-2-2518-0207
傳真：+886-2-2518-0778

網路訂購／秀威網路書店：https://store.showwe.tw
國家網路書店：https://www.govbooks.com.tw
法律顧問／毛國樑　律師

總經銷／聯寶國際文化事業有限公司
221新北市汐止區康寧街169巷27號8樓
電話：+886-2-2695-4083
傳真：+886-2-2695-4087

出版日期／2019年1月　BOD一版　**定價**／220元
ISBN／978-986-5731-90-8

秀威少年
SHOWWE YOUNG

國家圖書館出版品預行編目

都是ㄇㄞˋ的：王力芹童話故事集 / 王力芹著；
羅莎插畫. -- 一版. -- 臺北市：秀威少年,
2019.01
面；　公分. -- (兒童文學；40)
BOD版
ISBN 978-986-5731-90-8(平裝)

859.6　　　　107019967

讀者回函卡

感謝您購買本書，為提升服務品質，請填妥以下資料，將讀者回函卡直接寄回或傳真本公司，收到您的寶貴意見後，我們會收藏記錄及檢討，謝謝！
如您需要了解本公司最新出版書目、購書優惠或企劃活動，歡迎您上網查詢或下載相關資料：http:// www.showwe.com.tw

您購買的書名：________________________________

出生日期：________年________月________日

學歷：□高中（含）以下　□大專　□研究所（含）以上

職業：□製造業　□金融業　□資訊業　□軍警　□傳播業　□自由業
□服務業　□公務員　□教職　□學生　□家管　□其它____

購書地點：□網路書店　□實體書店　□書展　□郵購　□贈閱　□其他

您從何得知本書的消息？

□網路書店　□實體書店　□網路搜尋　□電子報　□書訊　□雜誌
□傳播媒體　□親友推薦　□網站推薦　□部落格　□其他________

您對本書的評價：（請填代號　1.非常滿意　2.滿意　3.尚可　4.再改進）

封面設計___　版面編排___　內容___　文／譯筆___　價格___

讀完書後您覺得：

□很有收穫　□有收穫　□收穫不多　□沒收穫

對我們的建議：________________________________

____

____

____

請貼
郵票

11466
台北市內湖區瑞光路 76 巷 65 號 1 樓
秀威資訊科技股份有限公司 收
BOD 數位出版事業部

....

（請沿線對折寄回，謝謝！）

姓　　名：＿＿＿＿＿＿＿＿＿＿　年齡：＿＿＿＿　性別：□女　□男

郵遞區號：□□□□□

地　　址：＿＿＿＿＿＿＿＿＿＿＿＿＿＿＿＿＿＿＿＿＿＿＿＿

聯絡電話：(日) ＿＿＿＿＿＿＿＿＿＿＿＿ (夜) ＿＿＿＿＿＿＿＿＿＿＿＿

E-mail：＿＿＿＿＿＿＿＿＿＿＿＿＿＿＿＿＿＿＿＿＿＿＿＿